Stelaluna

JANELL CANNON

EDITORIAL JUVENTUD. BARCELONA

© 1993 by Janell Cannon
Todos los derechos reservados
Edición original de Harcourt Brace & Company
Los derechos de la traducción española fueron negociados
con la agente literaria Sandra Dijkstra
© de la traducción española:
EDITORIAL JUVENTUD, S. A., 1994
Provença, 101 - 08029 Barcelona
E-mail: info@editorialjuventud.es
www.editorialjuventud.es
Traducción de Núria González i Anadon
Vigésima segunda edición, 2017
ISBN 978-84-261-2849-2 cartoné
ISBN 978-84-261-3157-7 rústica
DL B 20.461-2010
Núm. de edición de E. J.:13.471
Impreso en España - Printed in Spain
Impuls 45 – Avda. Sant Julià, 104 – 08403 Granollers (Barcelona)

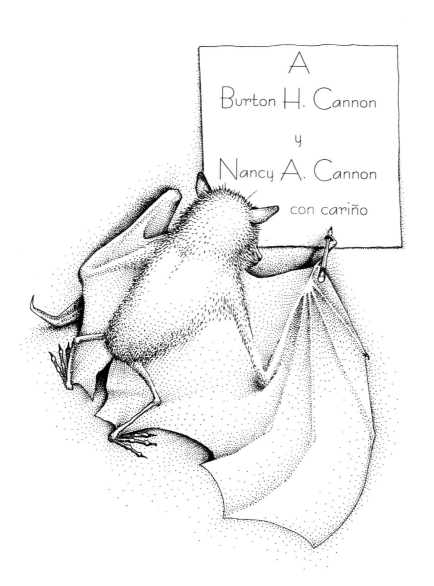

A
Burton H. Cannon
y
Nancy A. Cannon
con cariño

En un caluroso bosque muy, muy lejano, vivían, una vez, un murciélago frugívoro y su bebé recién nacido.

¡Oh, cómo quería Mamá Murciélago a su bebé suave y chiquitín!

—Te llamaré Stelaluna —le dijo con voz melodiosa.

Cada noche, Mamá Murciélago, mientras volaba en busca de comida, quería llevar a Stelaluna pegada a su corazón.

Una noche, cuando Mamá Murciélago seguía el intenso olor de la fruta madura, un búho la descubrió.

Volando silenciosamente, aquella gran ave se lanzó sobre los murciélagos.

Esquivándolo y chillando, Mamá Murciélago intentaba escapar, pero el búho atacaba una y otra vez, hasta que chocó con Stelaluna en el aire. Sus alas de bebé eran tan débiles e inútiles como el papel mojado.

Stelaluna empezó a caer. Caía y caía, cada vez más de prisa, hacia el bosque que había debajo.

La oscura y frondosa maraña de ramas detuvo la caída de Stelaluna. Había una ramita lo suficientemente pequeña para las diminutas patas de Stelaluna. Envolviéndose en sus propias alas, se agarró a la delgada rama, temblando de frío y de miedo.

—¡Mamá! —chilló Stelaluna—. ¿Dónde estás?

Hacia el amanecer, el bebé murciélago ya no podía sostenerse por más tiempo, y volvió a caer de nuevo.

¡Plum! Stelaluna cayó de cabeza en un nido suave y blando, asustando a los tres pajaritos que vivían en él.

Rápidamente Stelaluna salió trepando del nido y se colgó debajo de él, donde no la podían ver. Escuchó el murmullo de los tres pájaros.

—¿Qué fue *eso*? —gritó Flap.

—No lo sé, pero está colgado de las patas —pió Flitter.

—Silencio, que viene mamá —silbó Pip.

Mamá Pájaro iba y venía, una y otra vez, y siempre traía comida para sus bebés.

Stelaluna tenía un hambre tremenda, aunque *no* de aquellas cosas espantosas que Mamá Pájaro traía.

Finalmente, el pequeño murciélago ya no pudo soportarlo más. Trepó hasta el nido, cerró los ojos y abrió la boca.

¡Paf! ¡Dentro cayó un gran saltamontes verde!

Stelaluna aprendió a ser como los pájaros. Estaba despierta todo el día y dormía por la noche. Comía insectos aunque sabían horriblemente. Sus costumbres de murciélago iban desapareciendo de prisa. Excepto una: a Stelaluna todavía le gustaba dormir colgada de las patas.

Una vez, aprovechando que mamá se había ido, los curiosos pajaritos decidieron probarlo. Cuando Mamá Pájaro regresó a casa, vio ocho patas diminutas agarradas al borde del nido.

—¡Yiiiic! —chilló—. ¡Volved a subir aquí en seguida! ¡Os vais a caer y os vais a romper el cuello!

Los pájaros volvieron a subir al nido, pero Mamá Pájaro detuvo a Stelaluna.

—Estás enseñando a mis hijos a hacer cosas malas. No te dejaré entrar en este nido a menos que prometas obedecer todas las normas de esta casa.

Stelaluna lo prometió. Comía insectos sin hacer muecas, dormía en el nido por la noche y no se colgaba de las patas. Stelaluna se comportaba como un pájaro bueno.

Todos los bebés crecieron de prisa. Pronto el nido empezó a estar demasiado lleno.

Mamá Pájaro les dijo que era hora de aprender a volar. Uno tras otro, Pip, Flitter, Flap y Stelaluna saltaron del nido.

¡Sus alas funcionaban!

«Soy igualita que ellos —pensó Stelaluna—. Yo también puedo volar.»

Pip, Flitter y Flap se posaron sobre una rama
con mucha elegancia.

Stelaluna intentó hacer lo mismo.

¡Qué apuro!

—Volaré todo el día —se dijo Stelaluna—. Así nadie verá
lo torpe que soy.

Al día siguiente, Pip, Flitter, Flap y Stelaluna se fueron volando lejos de casa. Volaron durante horas, ejercitando sus nuevas alas.

—El sol se está poniendo —advirtió Flitter.

—Será mejor que volvamos a casa, o nos perderemos en la oscuridad —dijo Flap.

Pero Stelaluna iba volando muy por delante y no se la veía por ninguna parte.

Los tres pájaros, temerosos, se fueron a casa sin ella.

Completamente sola, Stelaluna voló y voló hasta que las alas le dolieron y se dejó caer en un árbol.

—Prometí no colgarme de las patas —suspiró Stelaluna.

De modo que se colgó de los pulgares y pronto se quedó dormida.

No oyó el suave ruido de unas alas que se acercaban.

¡Eh! —dijo una voz fuerte—. ¿Por qué estás colgada al revés?

Los ojos de Stelaluna se abrieron de par en par. Vio una cara extrañísima.

—¡Yo no estoy al revés! ¡Eres *tú* quien lo está! —dijo Stelaluna.

—Ah, pero tú eres un *murciélago*. Los murciélagos se cuelgan de las patas. ¡Tú estás colgada de los pulgares, así que eres tú quien está *al revés*! —dijo aquella criatura—. Yo soy un murciélago y estoy colgado de las patas. ¡Así que yo estoy *al derecho*!

Stelaluna estaba confusa.

—Mamá Pájaro me dijo que estaba al revés. Ella dijo que estaba mal...

—Mal para un pájaro, quizá, pero no para un murciélago.

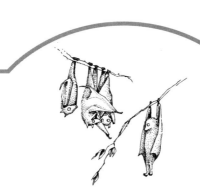

Otros murciélagos se fueron acercando para ver aquella
extraña murciélago que se comportaba como un pájaro.

Stelaluna les contó su historia.

—¿Comías *in-insectos*? —tartamudeó uno de ellos.

—¿Dormías de *noche*? —dijo otro con voz entrecortada.

—Esto es rarísimo —murmuraron todos.

—¡Un momento! ¡Esperad! Dejadme ver a esta criatura.

Un murciélago se abrió paso entre la multitud.

—¿Te atacó un *búho*? —preguntó. Y olfateando
la piel de Stelaluna, susurró—: Tú eres *Stelaluna*.
Tú eres mi hija.

—¡Pudiste escapar del búho! —gritó Stelaluna—. ¡Sobreviviste!

—Sí —dijo Mamá Murciélago mientras rodeaba a Stelaluna con sus alas—. Ven conmigo y te enseñaré dónde encontrar la fruta más deliciosa. Nunca más tendrás que volver a comer insectos mientras vivas.

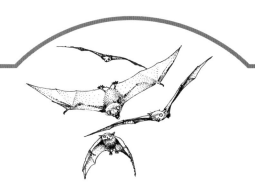

—Pero si es de noche —chilló Stelaluna—. No podemos volar a oscuras, nos vamos a estrellar contra los árboles.

—Nosotros somos murciélagos —dijo Mamá Murciélago—. Podemos ver en la oscuridad. Ven con nosotros.

Stelaluna tenía miedo, pero se soltó del árbol y se lanzó al cielo azul oscuro.

Stelaluna *podía* ver. Sentía como si de sus ojos salieran unos rayos de luz. Era capaz de ver todo lo que había en su camino.

Pronto los murciélagos encontraron un mango y
Stelaluna comió tanta fruta como quiso.

—Jamás volveré a comer insectos mientras viva —gritó
entusiasmada Stelaluna mientras se daba un atracón—.
¡Tengo muchas cosas que contarles a Pip, a Flitter y a Flap!

Al día siguiente, Stelaluna fue a visitar a los pájaros.

—Venid conmigo y conoceréis a mi familia de murciélagos —dijo Stelaluna.

—De acuerdo, vamos —asintió Pip.

—Se cuelgan de las patas, vuelan de noche y comen las cosas más ricas del mundo— explicó Stelaluna a los pájaros por el camino.

Mientras los pájaros estaban entre los murciélagos, Flap dijo:

—Aquí me siento al revés.

De modo que los pájaros se colgaron de las patas.

—Esperad a que oscurezca —dijo Stelaluna entusiasmadísima—. Volaremos de noche.

Cuando anocheció, Stelaluna se fue volando. Pip, Flitter
y Flap saltaron del árbol para seguirla.

—¡No veo nada! —protestó Pip.

—Yo tampoco —gritó Flitter.

—¡Aaaah! —chilló Flap.

—Van a estrellarse —exclamó Stelaluna—. ¡Los tengo
que rescatar!

Stelaluna se lanzó en picado y agarró a sus amigos
en el aire. Los llevó a un árbol y los pájaros se aferraron
a una rama. Stelaluna se colgó de la rama que había
encima de ellos.

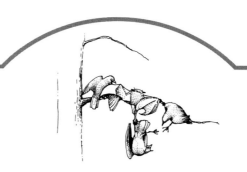

—Estamos a salvo —dijo Stelaluna. Luego suspiró—.
Ojalá vosotros también pudierais ver en la oscuridad.

—Ojalá tú pudieras posarte de pie —respondió Flitter.

Pip y Flap asintieron con la cabeza.

Se quedaron allí arriba en silencio un buen rato.

—¿Cómo podemos ser tan distintos y sentirnos tan
iguales? —meditó Flitter.

—¿Y cómo podemos sentirnos tan distintos y ser tan
iguales? —se preguntó Pip.

—Creo que eso es todo un misterio —pió Flap.

—Estoy de acuerdo —dijo Stelaluna—. Pero somos
amigos. Y eso sí que está claro.

NOTAS SOBRE LOS MURCIÉLAGOS

De las cerca de cuatro mil especies de mamíferos que viven en la Tierra, casi una cuarta parte son murciélagos, los únicos mamíferos capaces de volar.

El nombre científico del murciélago es *quiróptero* (palabra que viene del griego y significa «mano-ala»), porque el esqueleto que sostiene el ala se compone de los huesos de los alargados dedos de este animal.

La mayoría de murciélagos están clasificados como *microquirópteros* o «mano-alas pequeños». Cerca de ochocientas variedades ocupan nichos ecológicos especiales en todos los climas del mundo a excepción de las zonas polares. Los tipos de vida y las preferencias alimenticias de los microquirópteros varían considerablemente. Muchos comen insectos, mientras que otros capturan peces, anfibios y reptiles.

Finalmente, está el famoso vampiro, del que sólo existen tres especies, que se extienden desde México a Argentina. Las víctimas de los vampiros son, en su mayor parte, ganado doméstico y mamíferos y aves autóctonos.

Las especies restantes, aproximadamente unas ciento setenta, son los murciélagos frugívoros (que se alimentan de frutos), también conocidos como *megaquirópteros* o «mano-alas grandes». Como su nombre indica, éstos son los murciélagos más grandes: algunos llegan a medir unos ciento ochenta centímetros de envergadura.

Los murciélagos frugívoros tienen, por lo común, hocico largo, ojos grandes, orejas puntiagudas y cuerpo peludo, por lo que a menudo son llamados zorros voladores. A diferencia de los microquirópteros, que se orientan por el eco, los murciélagos frugívoros dependen de su aguda visión y de su sentido del olfato para guiarse. Viven en climas tropicales y subtropicales que les proporcionan provisiones de sus frutas, flores y néctares favoritos durante todo el año. Algunos murciélagos frugívoros, al buscar el néctar hurgando, son los responsables de la polinización de muchos tipos de árboles y plantas que florecen de noche. Otros comen frutas enteras, con semillas y todo, y distribuyen dichas semillas por el suelo del bosque con sus excrementos. La regeneración de los bosques tropicales depende en gran parte de los murciélagos.

Janell Cannon ha trabajado durante muchos años
en la red de bibliotecas públicas y ha sido premiada
por programas de lectura infantil para el verano
que ha creado y desarrollado.
En estos programas se propone aportar conocimientos
sobre los animales, dedicando una atención especial
a aquellos que no tienen demasiada
aceptación, en un intento por disipar mitos erróneos.
Su amor y respeto hacia todas las criaturas fue lo que
la motivó para elegir los murciélagos como tema
de su primer libro para niños.
Jannel Cannon vive en el sur de California con
su loro y sus dos gatos.